诗想者

H I P O E M

到你的房间看月亮

Dao Nide
Fangjian
Kan Yueliang

李晓愚——著

GUANGXI NORMAL UNIVERSITY PRESS
广西师范大学出版社
·桂林·

图书在版编目（CIP）数据

到你的房间看月亮 / 李晓愚著. —桂林：广西师范大学出版社，2019.12
ISBN 978-7-5598-2342-7

Ⅰ. ①到… Ⅱ. ①李… Ⅲ. ①诗集—中国—当代 Ⅳ. ①I227

中国版本图书馆 CIP 数据核字（2019）第 240244 号

广西师范大学出版社出版发行
（广西桂林市五里店路 9 号 邮政编码：541004
网址：http://www.bbtpress.com）
出版人：张艺兵
全国新华书店经销
广西民族印刷包装集团有限公司印刷
（南宁市高新区高新三路 1 号 邮政编码：530007）
开本：889 mm × 1 194 mm 1/32
印张：5.5 字数：130 千字
2019 年 12 月第 1 版 2019 年 12 月第 1 次印刷
定价：45.00 元

目　录

VICTOR T. G.2019

隐 喻

她的恋人走了
一颗星坠入深海
身体如一杯啜饮后被空置的酒杯
她靠在小酒馆破败的墙上
想起多年前，在南方
那个莹绿色的雨夜

雨点如鼓点
关于离别，她有一套优雅的哲学
她研究它们的时候
尊贵似忧伤的女王

她抬头，和一个神秘的摄像头
对视
离人的眼睛
悬置在她的头上
一只手毫不费力地抹平
他们之间的日夜
就像她撕下旧日历
随意而必须，没有痛痒

后来，她靠阅读卡夫卡矫正时钟上的日期
她没能写出卡夫卡幽灵般的情书
多年后，她明白
摄像头才是时代的隐喻

2019. 7. 6　星期六，深圳

羽　毛

多数时候，她像羽毛一样轻
像无一样没有痕迹
像没有一样寂静
她说无人能承受这无法承受的轻
除了轻到没有的羽毛
在羽毛无的躯壳里
长着沉重的有
一个人的名字就是万有引力
有时飘坠，有时飞扬
有时希望，有时绝望
但它的存在始终是无
拥抱它的悲伤就像拥抱没有一样寂静

孤 星

白昼将夜色赐给较场尾[1]
但未赐给她睡眠
时间给我衰老的肉身
但不曾怀着怜悯赐予我平静

我出没于两千万张脸孔中
如一叶小舟逡巡在人的半岛
人们张开口
沸腾的欲望
好似煮熟的扇贝

我已学会妥协和平庸的艺术
这方面，我是个全能演员
妻子　情人
母亲　女儿
圣徒和骗子
诗人与小偷
我存在于一切称谓的罅隙中

夜航，海上的一颗孤星

与我惺惺相惜

2019. 06. 07　端午于深圳

1 较场尾，地名，深圳海边的一个村子。

虾

我对你有过两次拙劣的模仿
一次在床上
另一次，也在床上

梦中
我弓着身子
如绝望的女王
重复着爱的练习
或爱的遗骸

另一次，没有梦
我们的身体排成你死亡的样子
在他岛屿般的怀抱里
我们沉睡如死
并且像一切生物那样
恢复了对水的敬意

2019. 5. 24　凌晨两点半，上海

素　描

黄昏
一些美在消逝
它失落的侧影引起他的怜悯
从前的脸庞在燃烧
眼睛告别眼睛

这极速下坠的乐园
零落一个冷眼圣徒
像无能为力的晚风
妄图撑起身体走失后的衣裳
哦，它距离庄严尚有一个忏悔的夜晚

如今，他已失去素描的雄心
甘心和时代一起平庸
他取下优雅和旧礼帽
他说这是最后的
唯一的素描

2019. 6. 3　深圳

理　由

一双多年不穿的鞋子
一本塑封尚在的书
一个地图上的名字
一个未经兑现的诺言
……
它们毫无关系
只在我想起的时候
提供无限接近的可能
就像故乡的一株桃树
多年来，它发芽、开花、结果
我一直在经过

现在，它被埋在废墟中
像一条忠诚的狗，我从记忆的瓦砾中
搭建它尚未倒塌的香气

太涩了
我知道我失去了回去的理由

排　队

一个异乡人，很难
在拥挤的城市
人们出生、恋爱、死亡
井然有序
不慌不忙地排队
将买不到的时间毫无新意地虚耗
在随处都能买到的事物上

我也如此

人群中，我毫不费力地
占据一个平凡的位置
我的前面有你的家人
叫得出名字的朋友
叫不出名字的女人们
他们和我不同
他们的口袋买得下你
出售的任何号码牌

我空空

我排队

我只剩时间，唯一的金币

迟缓

笃定

朝圣者的步伐

2019. 5. 29　深圳

爱

你赤裸着
站在窗前
手里拿着我的苹果
那时，你完美如古希腊雕像
散发着大理石的圣洁

你转过脸
望着我
像温柔的暴君
我不能确定
该站着接受你怜悯的亲吻
还是该躺下
化作你一生的疆土

特 别

我见过许多死亡
有站着倒下的
比如树
有至死也面不改色的
比如茶花
还有一些与众不同
它们横着
比如鱼
坚硬如水
比站着的生物更令人棘手

它们毫不费力地取走
我的敬意
像夜晚的床取走
我们的孤独那样自然

还有一些介于两者之间
比如牛
临死前像人一样流泪
对这近似人类灵魂的生物

有时，我爱它

有时，我厌憎

不　朽

我不知道，在孤独中
更像一个王
一个人
还是一个乞丐
或者，近似他们的总和
又小于他们中的任何一个

就像我们
面对面微笑撒谎
迷恋的究竟是
它的美丽
还是——它的危险

我们讨论万物
谨慎地避开自己
仿佛我们已从万物中逃逸
被剥离
坐拥孤独
孤城相对
全靠谎言搭救
才有不朽

安娜的火车

是这样的时候
山峦起伏如你的呼吸
城市在后退
楼宇庄严，如站台上的旅人
但它们比我们郑重
从不挥手道别

是这样的时候
我特别爱你
雨水涨满了去年的秋池
芭蕉、荔枝、稻田
甚至白鹭和黄牛
它们都以优于我的智慧
各在各的位置

唯有我
在爱的地图上来回迁徙

等待降临

在一个名叫阿斯塔波沃的车站[1]

2019. 5. 9　写于深圳前往常州道中

1 托尔斯泰人生最后一站。82岁高龄的托尔斯泰离家出走，最终病逝于此。

消 失

此刻，一定有许多我看不见的
在消失
有些消失让我们痛苦
更多的痛苦直到消失
我们都看不见

午后即景

——给女儿桐桐

午后，湿热的南方
我和来自芬奇镇的达·芬奇对视
如水
法兰西音乐
他使我想起一位优雅的情人
他拥抱我的眼神
和我望向女儿的一样

午后的眠床，她的梦
怡然划桨
她姿态舒展，海蓝色的牛仔裙
蓝得纯净
小天使
像极了达·芬奇刚出手时的疑问
天为什么是蓝色的

她微张着的小嘴里
有和我一样先天缺失的牙齿
那不安的缝隙
上帝用来做什么呢

也许，为了我们吞咽人间悲欢
比别人畅快些

她翻个身
蔚蓝色的臀部，海豚般跃出水面
我们将要带她到何方

蓝色的海
蓝色的天
蓝色的女儿

人很容易爱上蓝色
就像爱上无法涂改的命运

2019. 6. 29 深圳

Victor. 7
6.2019

在人间

一个素不相识的诗人死了
许多素不相识的人死了
死在希望中
死在绝望里
我们对视
淡漠如两片毫不相干的云

尘埃
老套的说辞
但是，尘埃是时间的肉
时间是人造的肉身

在人间，我们总是饥饿
我们彼此消耗
在人间，我们很少走极端
在希望与绝望之间
我们全是不彻底的生物

在人间，我们稍作停留
然后就返回宇宙的肉身

2019. 4. 20　深圳，大雨

出　口

所有的愤怒
都借悲伤的喉咙歌唱
譬如一条河
或一条江
无论你叫它什么
大地的伤疤
或母亲的血液——
谁有这创造的伟力？！

历史宽恕这些陈词滥调
并允许它们携带
致命的基因入海

但一个人却不能如此幸运
它将庞大的记忆和屈辱
摁进人类孱弱的躯体
像西西弗一样
人类不得不为这从天而降的苦役
寻找一个意义的出口

偶尔，人类也学习愤怒
但耐不住时间的揉捏
拍打
那低沉的呜咽
最终像摇篮曲将我们催眠

顾村公园赏樱

顾村——
消失在地图上的一个点
顾村里的樱花——
时间的咏叹调里
短到可以隐身的音符

鱼想拯救自己的时候
它就会不辞遥远——
去看蔷薇家族孱弱的表妹

它已褪去令人棘手的芳香
只保留短暂的呼吸

鱼用一双从八大山人那儿
借来的眼神
望着樱花
也望着樱花树下的人们
这些失散的亲人
叫人悲伤的后代

他们吞下他们绝望的祖先

樱花树下的人们
罐头里的鱼
被春天的讯息
搅动成大海

王　庄

王庄，没有王
连虚假的王也没有
王的子民从远古的树上跌落
像一片枯叶
落到我母亲的庭院

我的母亲
她蜷缩在没有父亲的床上

桃花开在死者的头骨上
如一滴血
落在王冠上

王的权杖犁动一个村庄的魂灵
我还不懂什么叫悲伤
在死亡的预言中
我梦见我的父亲
他说他没有死
他的微笑灿烂如桃花

烈火焚烧的

也许是一朵花的祈祷

2019. 3. 26　上海

废物指南

如何成为一个废物
不用对任何人说抱歉
要欠就欠清风明月的债
像长在山里的一株树
或躺在云中的一滴水
哪怕，一声叹息
也好

我生来就被训练成有用的人
天生我材必有用
我能说出李白也说不出的
三万种解读

如何成为一个废物
像石子那样
毫无负担地睡在路旁
或干脆像道路
任人踩踏
从不喊痛

我梦见李白
他给我写了条废物指南——
忘了我的诗句
忘了所有人的诗句
然后，像一粒光
走进宇宙

和维特根斯坦漫步

维特根斯坦
我想要一个你这样的人
我正穿过一座城市郊区的夜晚
我还想穿过它的心脏
像一枚子弹那样

维特根斯坦
我们肩并肩漫步
我们提取枪炮
也提取玫瑰

哦，“天才人物的完美典范”[1]
我喜欢你激情、深刻
咄咄逼人
我会故意犯点虚荣的小错
让你嘲笑我的愚蠢

然后看你如何将钱优雅地浪费
毫无用处的诗人
一贫如洗的人

让他们在悲苦中学会堕落

然后，我们隐居
在一座城市的郊区
往前一步，成为市民
退后一步，成为农民
在这虚构的城堡中
我们一起练习朴素生活
将华兹华斯的诗句
Plain living and high thinking
镶在我们的墓碑上
就这样
度过完美的一生

2019. 3. 18　上海

1 罗素对维特根斯坦的评语。

芦　苇

人是一根会思考的芦苇。

——帕斯卡

地铁上
世界赤裸着身体
一闪而过
没有一个招呼
我们是彼此的陌生人

我走在淮海中路
东平路
乌鲁木齐南路
衡山路……
和我一样对失望无计可施的人群中
街道收纳我
如同收纳一个弃婴

或许，我大可不必如此哀伤
学一下风中的芦苇
倒空心中的忧伤

只在风的催眠下低头
假装思考

当湖水褪去最后的柔情
大地将痛苦赤裸裸地示人
那时
我就燃烧自己——
取暖

2019. 3. 15　上海

给Elio[1]

爱像三月
诱惑我们出走
云层中的夕阳
情人挽留的眼神那样动人

一个人和 Elio 相对而泣
Elio
你为什么哭泣
因为悲伤还是幸福

Elio
我也像你一样
穿过他旧得温柔的衬衫
Elio
我也像你一样
用鼻子收集令人绝望的夜晚
Elio
我也像你一样
吻过他好看的嘴
Elio

我也像你一样
吸他吸过的烟
Elio
我和你不一样
离别的站台我们没有眼泪
Elio
我和你一样
他结婚了

Elio
他的内衣
会不会像你一样绝望

2019. 3. 16　上海

1 Elio，电影《以你的名字呼唤我》男主角。

桂　花

是谁赐予你与菊花争秋的天赋
金黄的心
小心翼翼地爱
像失去外套容易受惊的小兽
小，小
再小一点
小到毫无必要
小到将爱凝固成一粒粒
便于被吞咽的心
在下滑的食道
你终于听见人们对你的赞美
赞美没有配角的秋天
总是令人心惊

2018. 10. 23　上海

瞬　间

世界又回到托尔斯泰的笔下
一个法国男人说
世间存在的一切都是为了——
存于一本书中
可是，亲爱的
我们是两粒傲慢的麦子
孤独的磨盘呀

不如烧掉它们
再看一眼你的眉目，也好
一架遥远的飞机坠毁
它没能引起我陌生的慈悲
我站在狭隘的人类中间
天上地下只够我关心你
不能风筝般人间走失

那么多的书
我记住的只有几个瞬间
你说，永恒就在那里
到那里去找我吧

去找被你画上胡子成为达利的我
去找躺在你身边读诗的我
去找被一口烟呛得大笑的我
去找被一行字痛得大哭的我

上帝偏爱
那么多个我
都没给你厌倦的机会

2019. 3. 10　上海

中　年

日子突然变得冷、硬、短
像白昼被剪去一截的冬季
并不都是如此
有时又太热、燥、急
像两头同时被点燃的蜡烛
既不够哀叹昨日
也不够张望明天
甚至是眼前——也是
匆匆
太匆匆

2018. 11. 5　凌晨，上海

陀　螺

你肯定早已习惯，缺乏天赋的人
用你来形容命运
原谅我们吧——
想象力稀缺的人们
对你和命运都毫无见解

不堪忍受
来自熟悉生活的陌生嘲弄
在高速眩晕的旋涡中
遥想古老的田园
失真的山水
这是犯下我们时代仅次于沉默的罪行

谁赋予你这渺小的
适宜被鞭打的身形

原谅我们吧
我们也和你一样
在无止境的妥协中
旋转

有时，姿势甚至很美

像舞台上无法停止的芭蕾舞演员

2018. 11. 20　上海

香 菜

他抚摸它零余者的身体
为它伞状的悲哀
心疼不已
然后，他拿起刀
细细地切
虔诚地切
几乎像个受难的圣徒

芫荽
他们咀嚼它的异名
赞叹它异域的芳香
那被反复萃取的忧郁

瞧，这外来户
用渺小的姿态
掀起乏味想象的风暴

2018. 12. 9　江苏淮安

婚姻生活

他们一起生活了 7 天
或者是 7 个月
也有可能是 70 年
时间被他们取消了意义
就像她假寐时的床头音乐
蛇一般游过空出的半张床
客厅里他的咳嗽声
打火机点燃孤独的尖叫声
声声入耳
她好奇烟穿过他肺叶的路径
和油烟走的是不是同一个——
方向

Victor T. 7.2019

我的儿子

四月是最残忍的月份，我的儿子
他头发花白，他从日夜交换的光的窄门里看到这一句
也从他的母亲，我的日记里读到这一句
四月，一首诗的第一行
我的儿子，他用一朵花责备一个古老春天的开始
他从生锈的笔迹中寻找答案
一朵花该怎样同时投递给两个悲伤的地址

父亲的眼啊，看见芦苇荡漾的湖
祖先的眼啊，看见火中哭泣的城门
我的儿子，他从父亲留下的草图中寻觅家的入口
他说母亲，我该如何安慰你
他用怜悯的双手责备那场雨水的降临
他住在雨里
就像住在纪实与虚构的家
他说母亲
你的一生都荡漾在父亲的湖心

遥远的桥

我决心寻找一座桥
一座普通的桥
一个平凡的人冒雪寻访
如白发长在头上
增添了人的重量

我独自走了长长的路
长长的孤独
长长的闲适
长长的，如同永生的寂寥

天暗的时候
我经过一座桥
也许是它
也许不是它

它弓起背
跨在小河上
像一副担子
一头挑着生者的粮食与居所

一头担着逝者的叹息与凝视

雪
落在逝者的头上
也落在生者的头上

2019. 1. 10　江苏泗阳

训　练

有人擅长训练动物
有人擅长训练人类
还有人擅长训练毫无用处的事
比如分离
比如死亡
这样的训练毫无意义
但我对此十分偏爱
并把它当作每日功课来练习
有时，我会偷懒，选择性遗忘
但夜里，它们就会悄无声息地降临
以加倍惩罚的方式提醒我不该如此健忘
训练动物的人成了动物学家
训练人类的人成了政治家
我
始终无处安放

一　半

六月
万物都走到了一半的位置
一月，一年
慷慨预留一辈子的我们
静安，一个近乎祈祷的名字
不远处的一对男女
半个世纪前签下终身
美丽的谎言
多么像你生日时
我许下的固执愿望
那时，我们在山中
我们带回了山里的风雨
日月
虫鸣和星辰
走到半途的我们
狼狈的我们
深夜，在静安
在一座疲惫的寺庙前
归途，遥遥无期
前程，山长水阔

恰到好处的

唯有身边的你

万物生长

我在这江南小城，读诗——想你
读一个女人残损的身体和她
绝望的爱情
你的形象如一阵风突袭了我
你总是忘记我，忘记我们的语言
就像忘记那晚的月色
和当时的雨水比起来
究竟哪个更亮，哪个更凉
但你能记得庭院里的那株树
还有梦里流动的歌声
它们都像水，适宜生长
我想在你的身体里埋一粒种子
就像你在我的身体里埋下的一样

2017. 8. 7　无锡

我开始厌倦微小的事物

我开始厌倦微小
令我一败涂地的都是些微小事物
比如，黑色大衣上的头皮屑
遗落在枕边的发丝
酒店中废弃的避孕套
被肺拒绝的烟蒂
它们毫无关联
正如通过一个吻连接的人们
彼此淡漠
互相仇恨
这些隐蔽的疏离
如雕塑家的手刻出一个悲伤的我
要小心呀
每一个微小的事物
最后都变成旋转的剃刀
将我切割成适合吞咽的薄片
亲爱的
吃我
就着江南的烟雨更易入口

2018. 2. 4　上海

旧·情书

信任偶然
信任命运
信任天启的神秘
否则，何以我的手中握着你的钥匙
万物凭借什么打开万物
瞧，它旧得多么像我们
旧居，旧物，旧的我们
没有任何新鲜
让彼此惊诧如陌生人
我在长江路上自北向南
鱼一样游到了清潭
哥哥
顺着水我们就能找到存在于过去和未来之间的家
那么多陈旧的黄昏
我们守着收音机里的安慰
等待爸妈的脚步声
现在，他们的脚步越来越轻
轻到几乎没有
像青梅竹马的老调子
如今已不大有人相信

旧得如同钥匙的我们
如何重启童贞的爱

2018. 7. 14　常州

食　欲

我对世界失去了童年的胃口
繁盛的爱叫人晕厥
但并不是所有事物都脆弱得
无法站立
悲哀就是从不失手的狠角色
那就走进一家面馆
在它粉碎万物之前
去看从不忧郁的老板
如何将西北的苍凉揉进岭南的烦闷
我并不饥饿
我只是找不到令我饥饿的食物
右手唯一的笔
和睡在我左边的你
都顽固得如同悲哀

2018. 7. 5　深圳有雨

爱

就在这里停住吧
一个猎人寻找他心爱的猎物
就像一个人寻找他唯一的影子
就在这里停住吧
如死亡的造访
不早也不晚
刚刚好

我们用眼睛，嘴巴，双手
也用语言的缝隙和沉默的深渊
丈量彼此
然后像笨拙的裁缝
或高明的设计师
将对方穿在身上
死亡的隐身衣
皮肤般合身
不肥也不瘦
刚刚好

红拖鞋

它已经老了
衰朽的呼吸一点点剥离它红色的生命
它在江南一处老屋里等待它的死
所有的秘密都被它缝进肉身
如今，针孔的痛苦已渐渐平息

在遇见我之前，它承担过几双命运相连的脚
现在，我终于来到它面前
在一阵慌乱的相认中
我们拥抱彼此呛人的失败
从此，一个古老家族的尘埃
充——满我的肺
流泪、咳嗽
直到咳出血一样的墓志铭

一生，它经历过许多次死
到我死的时候，它再死一次
一生，它经历过许多个等
到我死的时候
他们全部复活

麻　雀

它们是我最熟悉的鸟
它们有接近盲人的审视
以及与它们身形相配的智慧
它们热爱抱团的麦粒
单飞的危险过于骇人
这是属于乡土的鸟
偶有几只乱入城市的不幸者——
即刻被捕
它们出没于稻田、麦场、玉米地、屋檐下……
稻草人虚空的姿势从来骗不了它们
这辨认权势者的天赋！
它们一茬茬如麦子被收割
我来不及记住它们的模样
新的一批已学会觅食
这是我童年的鸟
在我出生前就有的鸟
我对它们的一切了解全来自道听途说
因为我有一双麻雀的眼

我喜欢一本书的最后一页

毫无征兆地，我出现在你中年的命书里
一撇一捺，尽是无法窥探前情的委屈
和——预见结局的悲凉

中年，该是一本书毫不惊奇的高潮
高潮属于得心应手的从容
惊心动魄的书写往往潜伏在
第一个句号诞生时
不止一次，我追问过一个古老的答案
如果我能追得上你开篇时的忐忑
会不会有另一个天长地久的俗套故事
而现在，在这爱情故事里
我只能保有一个后来者的好奇
贡献我难能可贵的驯顺

那天，我们手牵手走在大街上
你突如其来的一吻，使我相信
即使我在最后一页前死去
你仍会想念我
想念我贸然闯入时的姿势

以一个了无牵挂者的孤独
和一个无所事事者的寂寥

省 略

省略过
春——夏——秋——冬
日子以你划分季节
省略过黑白
昼夜　明暗
向日葵一定也省略过欲言又止
独居的女人
像一串叹息的省略号
在句子的两头左右为难
行囊空空
总以为满载星光

2018. 10. 19　上海，写于鲁迅忌日

Victor. T. 7.2019

礼　物

你送我一支日本钢笔
用它替代，一枚戒指
我握住它——圆圆的
身体
磨旧的时间
尖尖的——爱一样
无法躲避的灾难
我必须一直书写
黑暗的词语从我纤细的血管流出
痛苦和欢愉一起，在纸上尖叫
我也在尖叫
当我听见你残余的欲望
在寻找

这是我们的礼物
我们的一生就住在这圆圆的
旧旧的
尖尖的
黑管子里

怨　歌

像人类这种乏味动物
就算堕落
也只会堕落在床上
但爱是什么
令人绝望的致幻剂？
制造意义的面具？

更为不幸的是
我用古典的方式爱你
这几乎意味着崇高和失败
我只摄取你的芬芳
别人却取走了蜜

雾中的桥
水中的倒影，爱的替身
独自一人适合锁住被爱
抽干水分的诗句

像最后一人

假装是最后一人

替人类进行爱的招魂

2019. 2. 14　上海

答　案

——献给我的先生

仿佛我已从你的发梢溜走
仿佛你已在我的皮肤里隐遁
仿佛我已抵达语言的沸点

旅途中，听见一个陌生男人
鼾声，是暧昧的
它使我想起你
惊慌如一头幼兽的尖叫
而我，从恐怖的温柔中醒来
以母亲的呢喃
抚平你呼吸的褶皱

哦，那个陌生男人
他不会如你那般
在我睡着时，亲吻我
并且说爱你，宝宝

啊，我们是对笨拙的幸运儿

你的出现使过去成为爱的幻影

仿制品

序曲

一次不成功的练习

2019. 2. 16　深圳

无题（一）

月夜
“我的寂寞是条蛇”
尾随—— 一个步履蹒跚的女人
慷慨地将她的悲哀溢出来
堆在她满月似的臀上

2108. 9. 29　夜，上海闵行

可　能

可能是他，也可能是他
甚至是他
可能向左，也可能向右
可能有一万个这样时刻
你觉得你还有无限可能
似乎有点儿失望
但还不至于绝望
又某一个时刻
生活决心对你仁慈　或
加倍残忍
你发现，他、他、他
前、后、左、右
东、南、西、北
不过是你脖子上的绳索
生活这个天才艺术家没有套路
擅长表演慢性自杀
而你——
只是个撰写拙劣剧本的 X

我们（一）

我唯一的，我要向你致歉
用东坡望月的惆怅向你致歉
为我曾向你，现在仍向你
未来将向你
所索求的——
致歉
为那些你所无法把握的事物
为那些我们所无限趋近的事物
比如幸福
比如永远
不——还不够！
我们是多么贪婪的简单人类啊
还比如灵魂
比如不朽
一些我们所不了解的东西
可是，我唯一的
你告诉我，除了这些
我们还能求什么
所有触手可及的
都陈旧得叫我们惊心

2018. 9. 23　深圳，写于中秋前一日

她

她什么也不是
没有名字
没有声音
没有爱憎

一辈子她只喊了三次
第一次睁开眼找奶吃的时候
第一次穿着血一样的红衣躺在床上的时候
第一次穿着雪一样的白衣躺在床上的时候

她死的时候哼也没哼一声
她从未拥有过什么
除了——无声

她什么也不是

2015. 4. 29

徽州雪夜

今夜，别虚掷这席卷天地的浪漫
雪天，适合做一些无用的事情
比如，读一首诗
想一个人
或者，打个盹
思考那些毫无意义的语言
它们像雪花一样不可靠
古村为此，一夜白头

2016. 1. 31　雪夜，写于徽州歙县棠樾

我从未见过上海的九月

摊开一页纸，从一月写到十二月
看见九月走丢的影子
翻动书页，从缺口到闭合
没有眼泪
我总是缺席
这样多好
像一道苍白的月色——
永远悬在掌心
有时撩动
让它暧昧的距离给我沉重一击——
有时，让它住在我的眉弯
在九月尚未劫掠夏日所有温度时
听你用身体里的落叶
呼唤我——

隐形戒指

我渴望一枚戒指
不是圈禁
不是证明
不是宣示
甚至，也不是为了你
没有目的就是它的原罪
我向遥远的你伸出孤独的手势
请你用易逝的诺言
不朽的词语
为我铸一枚隐形戒指
好让我们为心中的缺口
赋形
它该自惭形秽
或蔑视人间
在仰望和垂首之间
它始终找不到恰当的姿势
你得爱得如我一样虚无
才能看见它的铭文——
寻找，隐形

2018. 8. 22　深夜于常州

居 所

关于未来
我曾慌张如黎明前的露滴
为白昼下我身不由己的走失而忧虑
你说，如果我们人间失散
你会像寻找自己一样寻找我
现在，你的名字拯救了我
给我此生所能拥有的
最慷慨的居所
让我寄居在那三个最美的古老汉字里
安眠于你的仁慈
分享你日日夜夜的厌倦
以及顺着你发根生长出来的悲喜

书写你的名字吧
将我建筑得如同世上最令人费解的谜语
而答案，始终握在你掌心
呼唤你的名字吧
那温柔的回声是我
一个随时准备拎起影子的
时间旅行者

2017. 12. 27

局外人

生存还是毁灭
不再是个问题
爱或恨
也很随意
无才补天的石头
才有亲吻花朵的愿望

雨
又是雨
没完没了的雨
那就索性淋一会儿或看一会儿
明亮的，忧郁的
雨
让它全下到情人的眼里
这样他就变成一条可怜的
自由的鱼
这样他就不用为难
在伟大和失败之间

哦，你瞧，那是谁的手
胆敢撒下生活的网
将我们捕获

2018. 7. 3　暴雨

生日诗

——献给母亲

每个艺术家或伪艺术家
都该向他（她）的母亲——
忏悔
为你把全人类放在心中
却没有她——
忏悔
为你无所用心的失败——
忏悔
为一与无限之间的巨大深渊——
忏悔
为——
你的出生
你诗篇中缺失的数字
忏悔

2018 年农历五月十三写于母亲生日

摄影术

——看汤姆逊晚清帝国作品有感

我倾心于死亡
我让每个无法复制的秘密开口
一个笑容在唇边荡漾
然后失踪
你要有考古学家的耐心
才能挖掘出它变形的气味
笑或哭
已被蝼蚁攫取
悲哀的俘虏

蛆虫们吐出惊人的骸骨
但从不吐出眼神或手势
这卑贱的生物
生前，任何一双生动的眼对它
都按下厌恶的眼睑
死后，在它的嘴里
人类第一次实现了平等

死亡是一切艺术

我从不摄影

我只与悲哀对话

2018. 6. 23　有雨

示　众

我梦见被善良示众
人群沉默如乌鸦
一枚又一枚硬币滚进我口袋
带着体温的小太阳几乎将我焚毁
这沉重的十字
这时我看见了你
看见你哀伤的沉默眼神
雪一般寂静

熔　炉

——给上海

我用许多种方式抵达上海
快或慢
晨与昏
我用许多个我去爱你
情人或妻子
永久的过客或暂居的母亲
昨夜，它像一只火凤凰
“熔炉”，你说
两千万个梦站成火红的灯带
围起来
箍起来
全部点燃
连同我们的欲望与遗憾
眼泪和亲吻

戒　指

二月离开后的空白，是否
和四月的一般大
何时，我们变得如此入戏
不肯错过夜晚的星辰
记下清晨的雨滴

但是，亲爱的
你也不必假装悲伤
雨滴、泪滴
肉身、虚幻的梦
捏在你掌心
无法呼吸

二月离开后的空白，是否
也和四月一般大

送我一枚戒指
选最纯净透明的一滴
恰到好处地镶嵌

悲伤如一张陈旧的床
但，每个梦都是新的

2019. 2. 27　深圳

泥　人

——给G

我谙熟人间的苦难
为它们凿出一张沉默的嘴
和令人窒息的鼻孔
我像女娲甩出泥人那样——
刻下它的形象
并让它们雨点般砸向慌乱的人群
可是，黄昏时
当你对我说——
不要再提艺术
这个叫人忧郁的名字
我曾为了它背叛整个人类
我的泥人呀
水一般消逝于雨中

2007. 6. 8　大雨

V. T. 7. 2019

你的眼

人间万物早已劫掠了我的双眼
我在人世的一切角色，都显示了
一个失败者所能显示的最大失败
像茫茫戈壁中的一处泉眼
你是我降落的唯一高地
对此，我们有梅花和雪的默契
梦中，你的泉眼涌出痛苦的蜜
饥渴的旅人呀
这一片水域足够你走完一生
你的眼
如上帝的手覆盖我
饮下这美吧，你说

到你的房间看月亮

月亮从大地隆起的伤口中
——升起
月亮如新
月色如旧
诗人们的手，早已将它毛茸茸的惆怅
抚摸——陈旧

看，那旧泪滴
如一枚新愁镶在无辜的天空

Fly me to the moon
在月亮上看你的房间
像熄了灯的船
满载我们玫瑰色的暗语

2018. 10. 27　上海

第六根手指

一到春天
我就想回到雨里
把我交给大地
从母亲的子宫里，再一次
出生
让种在我身体里的许多个你
复活
连同每日新鲜的希望和绝望
一起苏醒
你要有石头的耐心
一场春雨后
你将率先从我的身体里跃出
目光饱满似一杯鲜榨果汁
看农民如何用铁锹
将我从泥土里带走
像带走第六根手指

穷　人

习惯贫穷的人，胆怯是
穷人脸上的胎记
今天下午我看见一个肥胖的乡下女人
躺在雪水中，仰面朝天
四肢伸向天空，舞蹈如祈祷
那是我
绝望雪花般坠向大地
雪地中除了她安静的电动车
还有——安静的人群
我也在其中
安静地做一名鲁迅眼里戏剧的看客
同伴的急救电话救了我
沉默的良心
雪越下越大
人越走越小
胆怯和贫穷令我惭愧了一路
雪一直跟踪我到了纸上——
逼着我写下谋杀的口供
雪落在穷人的头上
格外惊心

2017. 1. 27　雪夜写于江苏泗阳

危险的事

经过长达 12 小时的烦忧
她还是没能找到爱的正确方式
她像个大盗，拥有骇人听闻的故事
然而，天底下最谨小慎微的小偷
也偷不走她的提心吊胆

在小心翼翼和放浪形骸之间
有无数个失眠的隧道穿过她
她必须按下任何寂静的声响
你知道，人人都可以绞杀大盗
谁叫她胆敢写出惑人心智的故事

吊死她！
吊死她！
吊死这个走钢丝的女人！
但不要用手
她黑色的血液病毒般感染一切
接近她的物
除了水
口水也行——

只需一滴

一滴足够清洗人间所有错误

十八春

人生自三十五岁开始
不早，也不晚
恰配我无聊人生的平庸
掐头，去尾
我特别愿意拎出十八这个数字
那也是一个开始
一个漫长旅行的起点
起点叠加起点
如同一个圆满的圆
我站在圆形废墟上
一切都是圆的
连同三角形的梦
看，一枚金币在燃烧，在你的手掌
人生自三十五岁开始
像喜气的千层蛋糕
愿望切下去
都是十八春的葱翠明丽

诞　生

我要赞颂一位伟大的无名勇士
他将天空划开一道口子
血，慢慢地——
染红了她的肌肤
很快，太阳
一个睥睨人间的天空之子
诞生了——

无题（二）

回乡的时候
我将我，我的城市记忆
连同一万八千个希望与绝望
一起，密匝匝缝进口袋
瞧，我并不是两手空空的旅人
我捂住它们不安的跳动
就这样，一个似曾相识的裁缝
潜入我童年的村庄

我的口袋啊
它像锋利的刀片
切割故乡的黄昏

回城的时候
我将我的童年
麦芒与稻香
缝进另一个口袋

瞧，我是个丰收的异乡人
我遮住它们顽固的黑眼圈

就这样，古老又新鲜
降落在我的国度

我的口袋啊
它不切割任何事物
它像水一样
消融万物

2018. 12. 22　冬至，上海

照　片

我曾长久地注视你的脸
一张不知摄于何人之手的照片
看久了便有坐船的眩晕
以为整个世界你只肯与我一人
对视
多危险啊
差一点就接近可怕的完美
正是这一点拯救了我们

你口中的香烟释放出纯真与诱惑
我曾猜想它出自某个与你有着相似面容的女人的手
并为这幻想感到疼痛
如同患了无法示人也无法寻医的重疾
一排镶着火焰牙齿的巨兽
在你看不见的荒凉之地
我与它成为相依为命的对手

某日，当我看到另一张男人的脸时
我从与巨兽的搏击中死里逃生
但从此
我用记住他来代替记住你

被幸福除名

她已经老了
一个被幸福除名的名字
爱恨抢在肉身前入土
多孤单呀
她可怜这沉重的肉身
她已无力拎着这影子四处行走
留它在回忆里逡巡
这失去温度的躯干，半截已深埋雪中
时间啊
在一个老人身上所展现的残忍
比死亡还有耐心

馒 头

包子、饺子、面条……
都不及馒头的形式纯粹
原始，饥饿的基因在血液里流窜
那被萃取后的麦香
庞大得能够吞下整个人类

白，就白得彻底
白得足以饲养人类的精魂
但，变种的麦子
活在尴尬的缝隙
既追不上远祖的野蛮
也甩不掉被后代凝视的恐慌

在圣徒和刽子手之间
我们都是提心吊胆的——
失血的馒头

2019. 7. 10 深圳大雨

造一所房子

造一所房子
不必取“家”这样的名字
剥掉它令人眩晕的温暖外套
甚至，也没有你
只留我自己
仿佛我是人类的守望者
而你——伟大的建筑师

造一所房子
把我造得像你的梦一样
这样，我就能端坐其中
分享你静默如谜的叹息

造一所房子
一所没有名字的房子
神钟爱一切没有名字的事物

无法命名

你是无法被命名的鸟
你有闪亮如星的黑色羽毛
燃烧似火焰
诱惑一切寻找光明的眼

冬

难道就因为我比秋日迟到了三天
你们就如此厌恶我?
太阳，它苍白的脸
失血似的溜走

故　乡

很难确切地标明你的经纬
很难说你是否爱我
很难说我是否恨你
我们早已越过爱恨的藩篱

对独行的异乡人来说
你美得如同飞鸟的羽毛
时刻诱惑我长出飞行的欲望

我是因为寻找美才遇见你
你只是本能地接纳一个无处安身的人
然后，焚毁
焚毁一切
多余的

让我们赤裸如冬日的树干
这样，我们才生出清澈如空的眼神
活在这世上，除了彼此
我们还能拥有什么
活在这世上，除了相爱
我们别无选择

吞

一个寻常的南方冬日
日子像手边的橙子——
饱满金黄
我坐在书桌前
踌躇如即将奔赴战场的狗
许久——没敢写下一个真实的字

我的手伶俐地脱下橙子的外套
一瓣
一瓣
又一瓣——酸、涩、甜
全吞了下去
连同那个不敢写的字

非 马

我读了一首没有名字的诗
像我一样的诗
它使我想起人间一切忧伤的事物
雨、马、我——我的马
我的马，他叫我江北驴子
我本分如驴
对脊背上的虚无一无所知
关于驴、马，我都缺乏令人惊讶的洞见
我只对它们凄怆的后代有过难以捕捉的焦虑
那似马非马，似驴非驴的惆怅
它有雨水渗透不进的忧伤
哦，爱过我的人将我丢弃
我爱过的人将他遗忘
我，我的马，我和我的马的后代
在雨中
我们各自走回自己的家

隐匿的国度

来，来我的梦中
来这片唯一可以着陆的乌托邦
来这片谁也追踪不到的地方
甚至，记忆也抵达不了它的边界
这唯一的净土
适合相爱
也适合复仇
假如，我遇见过自由的爱恨
它就是
假如，我遇见过爱恨的自由
它就是
来吧，来我的梦中
让我们去那共同去过的过去
或
去那从未到过的未来

无题（三）

天生斜视的人
无限宽容
他们从未想过纠正世界的发际线

他的手

它像极了父亲的手
但没有它失败的谨慎
它太灵动，常常跃出语言的边界
该怎样形容那双手
前世，它该是江南的一丛竹
它抚摸我的时候
我的发丝带着所有的缺席恳求
请温柔待我
我是替所有的女人爱你呀
许多次，我想剪下他指尖的日月
瞧，那弯弯的月牙儿
泛黄的月牙儿
为什么不肯让我带走

父亲与李白

就是瞎子，也能看出——
他们毫无关系
一个是唐朝诗人
一个是千年后的农民
他们之间的关系，全靠一个“李”字维系
或许，还可以斗胆加个“酒”字

要不是连云港那破败的墙壁
出卖了他——
他用一个男人饮酒后才有的孤独写下
长风破浪会有时
直挂云帆济沧海
谁能相信他们都长了一颗不合时宜的心

V.T. 7.2019

良 辰

夕阳温柔
像一个新娘捧出她
胭脂色的泪珠和青色的忧郁
我们拥抱着，什么也不说

云朵掀开她的红盖头
她的美慷慨地裸露
在我们的窗前
我们拥抱着，什么也不说

美，从我们的内部诞生

我们拥抱着
啜饮对方的蜜
我们在杜甫的诗集旁尖叫
头下枕着他动荡的一生
和一个帝国不安的梦

2019. 7. 30 上海

孤 独

四个眼中蓄满秋意的人
围着过分热烈的火锅谈笑
火熄了，语言活着
想说的话顺着食物的通道，依旧落在
疼痛的心脏
回程的时候，我们将省略的话扔在地铁上
那么多双秋天的眼
我那依旧疼痛的心脏为铁轨的重负而心疼
于是，我悄悄地带回了一些
留给独自站在镜子前哭泣的一刻
也留给无力的文字

你问我孤独是什么
我说孤独就是上海
孤独就是秋天
孤独就是深夜的提琴
孤独就是我——们

给失恋的女友W

告诉我，亲爱的
一颗破碎的心如何弥合另一颗破碎的心
一个绝望的人如何给另一个绝望的人以希望
悲伤令你一秒衰老
当你说活着已毫无意义
当你尝试摊开双掌间的珍宝（或伤口）给我看
亲爱的，我能给你什么安慰
我只有羽毛似的语言
轻　痒
自由而无用
如同你那颗被爱刺穿的心

地铁站

晃动的车厢
一条穿行于大地腹中的蛇
巨大的子宫
无数人做着短暂的梦
睡吧，也别追问谁是大地的男人
她从拥挤的睡梦中找到
一张映在窗上俊美的脸
她靠上去，双臂抱住他
玻璃上立刻多了两张梦一样的脸

牺　牲

我所想的是你们日子里的盐
那些被抽干想象的结晶
是不是夺目如钻石
一条被幻想抛上岸的鱼
安静地等待你的捕获
用你那双抚摸过她的手
将我温柔托起
怀着祭祀的无邪
剔掉我身体里多余的悲伤
以及皮肤上柔软的固执
用你们的盐
用你的呼吸
风干我
为大地上的日子
能够听到潮汐的尖叫

小团圆

整个漫长假期
我都在等待它毫无惊喜地结束
疲倦，疼痛，一条不肯怠慢的蛇
阴晴不定，岭南的天
爱情的手
行走和做梦
无限可能的脸
在路上，我打了个盹
梦见你对我说——
我要给你一个写在纸上但你从未有过的名字

鱼的自白

它一早明白你布下的陷阱
那些精致的陷阱
并非特别为它准备
也为它漂亮的同类
被猎杀的凄怆，尤可忍受
只要你对猎物保有原始的敬意
赴死与重生，像书里燃烧的黄昏
在一切危险的诱惑中
它偏爱你
偶尔降临的慈悲

日　记

天气：晴，阴，雨

心情：好，坏，难以描述

字迹：认真，敷衍

时间：昨天，今天

地点：纪实与虚构

纸张：填满，空白

一张一合

我们的一生

无题（四）

墓地里的人并不寂寞
白天
有稻草人陪伴
夜晚
趁我们睡着了，他们就跑到梦里
吓唬我们——
惩罚我们的遗忘

回乡（一）

回到乡下老家
我发现童年时的镰刀，疲倦地
靠在——墙角晒太阳
而野草，因为过度思念
全都伸长了脖子

药

一早起来，我嗅到了死亡的气息
我不得不寻求那枚失效的药丸
手持真理的人捏着它，如同捏着一枚炸弹
那蓝色的药丸，亢奋、晕眩
吞下吧
吞下吧
包装纸的说明里含有幸福一项
吞下吧
吞下吧
腐烂连同幸福一起从内部升起

记 梦

梦是荒废的钟表
一生很容易信守
而醒来，就像一趟夜晚被截停的列车
身体已经有了方向
词语却无力抵达

我的呼吸薄脆如蝴蝶的两翼
该怎样投递梦中的暴风雪
我一直在等待这样的邮差
取走我的包裹
就像生活取走我们的希望

无题（五）

很多时候我想杀死自己
从人群中隐遁
像古时的侠客
一击不中，翩然远逝
或者学他们只肯向江湖低头
与青山对饮
但我缺乏这种令人绝望的自尊
爱情的刑罚我尚能忍受
词语的罗网至今还在将我搜寻
像一只蚂蚁
在没人拧断我的脖子前
我钟爱卑贱地活着

桥

所有的桥都危险
杀机与生机令人炫目
我们赤裸着，在床前拥抱
洁白如两道闪电
河水充盈我们站立的桥
我们的子孙，在水中缓慢诞生
桥啊桥
天才的建筑师也造不出你的形象
但那些降临在桥下的子孙
他们建造万物
坚固的、脆弱的
不朽的、瞬间的
他们像吟游诗人般将我们世代传说

秋　雨

雨，大地的通灵者
在岭南，指望从一片叶子上窥探四季的雄心
总是落空
秋意，以一场不容置疑的暴风雨
瞬间登临
先是我的城，然后我的窗
我的眼、耳、口、鼻
江山寸寸失守
我的身体破碎如童年的风箱

在故乡，不是这样
秋意带着情人的手势
剥离一片树叶和剥离我衣物的动作一样
温柔
然后，通过一场雨告诉我
进入眼帘的人从不远逝

海边来信

我的手掌潮湿阴暗
我的手指冰凉，荒芜似深秋的森林
长在你门前
我期待一封海边来信
它要带着你的体温
你书写的习惯
一撇一捺，像无法聚合的命运
还有，太平洋的风
一起抵达我的书桌前
然后，我在你亲切的晚安中进入睡眠
我梦见你在我的耻骨间生长
燃烧如一面太阳

重　量

梦里没量出的重量
托付给流水吧
洗发，恐惧是一束黑色的引信
那无法引爆的都坚硬如水
柔软　惆怅
水草般戏弄指间的鱼
深深浅浅的灰
无声地扑向土里
深深浅浅的呻吟
然后，请你再去量一量
水洗过的忧郁是重了还是轻了

无锡回家途中

天气预报说江苏全省大雨
我选择雨天出行
这样，我就更像一条等待诞生的鱼
云浓黑忧郁
无法修改的命运落在云上
车窗上绵绵无尽的长尾巴雨滴
像人类的精子给人安慰
生生不息的形象总是动人
“杀不死的穷人家的孩子，将占领这肮脏的世界”
路旁的稻田青涩健壮
炊烟升起
点燃一束爱的幻象

外婆桥

外婆桥上并没有外婆
去那里的人寻找的也不是外婆
就从这里向南吧
不要走路，茧子会磨疼水里的月光
也不要骑马，马匹眷恋的坐标总在北方
那就坐船吧
一夜间就到了三十年前的码头
码头上悬挂的月色
为你锁住当时的指纹

外婆桥上并没有外婆
去那里的人寻找的也不是外婆

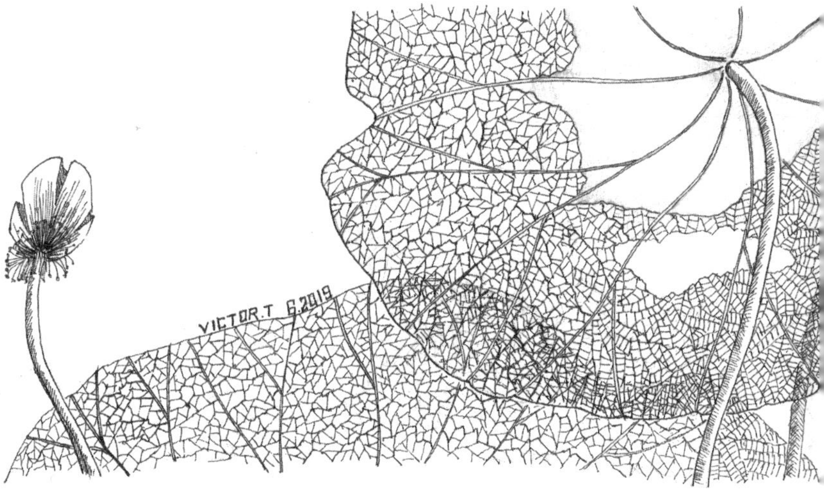
VICTOR.T 6.2019

晚安，哥哥

晚安，哥哥
当你说一代人已远逝
当你说他们不会有二十一岁
（或者说永远的十九岁？）
哥哥，在这沉默的夏夜
我听到你身体里流动的水声
它们因为与你告别，学会了无声哭泣
甚至，还捎走了你头上的几根青丝作为信物
好作为你们一同被死亡追赶过的证据
晚安吧，哥哥
你与那不幸的人同样幸运
有人爱你
爱你辗转半生依然纯真高贵的灵魂

破折号

像巨大的惊奇
落在人类的眼中
负责解释一切不可解释之事
也像一个沉默的隐喻
将人间的秘密带到纸上
以最危险的方式现身
但，或许
最令你悲伤的还是
那要命的休止符——
欲言又止
仿佛是个开始
以某种结束的姿态

大提琴

那些大而无当的思想
使你的身体膨胀——
一种无用的优雅
弃绝一切的孤独
悲伤的低音
苦难，无法合唱
有关你的裁决
全是谎言
而真理顺着你慈悲的低吟
进入失语者的口中

落地的麦子不死

当我写作的时候
纸张翻动
墨水行走，一个朝圣者的苦役
像古老的运河水灌溉麦田
像你流经我的土地
我和汉字一起战栗
纸张练习沉默
我们置身银色的麦浪
什么都在燃烧
什么都在诞生
我躺在麦地，怀抱星辰
而落地的麦子不死

无题（六）

我原本应该成为一只贝壳
或一条鱼
只服从神秘的死亡
被潮汐卷上岸
掩埋
或被人捡起
随手丢弃
但，多么不幸啊
我生而为人
无法幸免于人的灾难
在你黑色的深渊上
我没能忘记投下我的暗影

他　们

谁都看出他们是受命运愚弄的一对
有时，她想跟经过的每个人谈论他
为我们没能与他相爱而遗憾
有时，她只够应付虚弱的微笑
在她和他之间，世界种下太多的喧嚣
有时，她通过细小的事物来爱
比如说晚安
那时，她希望得到的不只是晚安
极少的时候，她想告别一切
那时，他将穿过长长的时间线
来到她面前
为他总是漫不经心的爱向她致歉
然后，将所有的遗憾封进最后一吻
那时，她才与命运彼此原谅

我选择徒步到达终点

暴雨，出走
取一张穿越国境的通行证
那辆车总是不来
我从车玻璃上看到
他们对我的嘲讽和怜悯
我选择徒步到达终点
途中，我路过
三两株令我发笑的树
一个令我哭笑不得的婚姻登记处
我路过许多路过
我选择徒步到达终点

2017. 6. 16　雨中徒步

三　角

没有什么能够安慰我
除了锋利的风雨
多么狂暴的温柔呀
它携着你的秘密，夜晚登陆
袭击我双眼的边境
多么盛大的你
充满整个世界
细如尘埃的我
没有尺度
我以你为万物的尺度
万物的起点
万物的终点
你，我，万物
我们三角一样稳定
各据一方
像三个锐利的角
刺向虚空

问

——献给我的邻居，儿时玩伴W

日子旧了
一切就显得无所谓有无所谓无
就像照片中的这个男人
陈旧得如同去年收割后的麦地
她想，要不是无法弯曲的手指总是醒来
时间也显得无所谓有无所谓无

那天清晨的岔路口
他被四轮巨兽吞没的瞬间，想起与妻子刚拍的唯一一张合影
懊恼从前不肯屈从她爱拍照的习惯
后来，她在心中一次又一次计算
计算他们一家三口躺在陌生人的目光中
究竟昏睡多久
她总是算不准
不是太多
就是太少
她笑着问我——你说，一个人的血
能够淌多久

回乡（二）

衰败的心情
如爬山虎的脚
爬满一切企图屹立不倒的物

戏

就从一九零零年开始
五年后，一场风暴剪断你所有退路
这样，你看起来就像个落魄书生
而我像个落难小姐
我们互相搭救
被时代抛弃的人啊
适合做夫妻
彼此成全
彼此嫌弃
没有缝隙
一辈子刚够演好一出戏

两个影子

为了应付苦涩的诗行
我吞下一颗糖
亲爱的人，你不要迷恋永恒
也不要迷恋唯一
这两个浅薄的骗子尚在人间
请你扭头，看一眼身后
长
长
的影子
它们有两个永不消亡的名字
一个叫孤独
一个叫死亡

断　章

我跳进大而圆的时间里
一伸手捧起你眼中的落日
人类啊，耐心有限
只够容忍自己的愚蠢

手 相

你知道，这样做总是徒劳
当你向天空、大地，追问命运的行踪
不，你只能将目光锁在巴掌大的岛屿上
它们潜伏在那条生命的纹路上
回答所有没有答案的问题

重要的时刻

恍恍惚惚
白昼将尽
黄昏捎来你的情书
隐蔽，幽深如一口老井
吞得下一千个落日
我站在桂树前
一生中，重要的时刻总是
悲哀

梦是真的

我们制造声音，制造气味
也制造爱情
和—— 一切雷同的事物
你说你爱我、爱她、爱她，还有她
不，这还不够！
远远不够！
我要去看你，然后——
走你走过的路，睡你睡过的床
爱你爱过的女人
让你在她的鬼影前
在她的画像前
在她的眼前——再说一次你爱我
那时，我才相信——
梦是真的

即 景

屋里只有琴声
屋外只有雨声
琴声像雨声潮湿
我疲倦如一面沉睡的湖水
等待一阵风
或　一只鸟

蔷　薇

——献给我二姑

你一眼就能认出它
以燃烧的姿势抵抗无名的重力
在我的家乡，地球上的小王庄
在那里，人们叫它野玫瑰
蔷薇，从人们的口中剥离
它躺在纸上，沉默——
如一堵衰败的墙

没有人会用对待牡丹的郑重对待她
连玫瑰色的贴地飞行
对她也显得隆重

但他们都不是我二姑
我的二姑会给我做上海美食
也会在上班路上
为蔷薇多走一站路
用兔子的谨慎和温柔
带走这座城市的所有芳香

你没见过我二姑
也能在上海的街头认出她
就像你不必精通植物学
也能叫出蔷薇的名字

失眠或死亡报告

十一月，某个平庸的夜晚
失眠如老年人的爱情不期而遇
并非总是爱情
甚至，也不是因为悲哀
尽管，多数时候它们是一件事

我只是平静得有些倦怠
像车站里徘徊的安娜
临死前还有嘲讽同类的幽默
不是死于心碎
这发现令我心碎

啊，欲望，这任性的情人
它抛弃了弹孔密布的肉身
留它在倦怠中独自死亡

半　城

——致常州

没有人比我更适合讲述你
一半来自真实
一半来自想象
我是个身份可疑的人
如半山亭[1]般不可靠
和虚构的藤花旧馆[2]一样，令人
难以置信

在县直街
我吃了碗新鲜的豆腐羹
我爱这江南小食
就像爱那些虚假的地名
在西瀛里
我跨过几条隐姓埋名的桥
登上真假难辨的城墙
眺望一条不存在的河

它们的身份和我一样尴尬
若真——
我们尚未取得一座城山水的许可

若假——
我们早已钉子般钻进你的伤口

我漫无目的地走
我和我的城，消失
在错误迭出的地图中

2018. 11. 23　写于常州文亨桥畔

1 半山亭，常州地名，得名于王安石。现已不存。

2 藤花旧馆，苏轼终老地遗址上重建的纪念性建筑。

求乞者

我记不清他的面容
七浦路上行乞的老人
风将他的绝望吹弯
再拉直——
他的身体贴着大地
承受无名的重力

人们对慈悲的使用异常谨慎
街上的求乞者
你所向人求乞的
注定落空
人们向生活所求乞的
两手空空

女　儿

上帝特别怜悯女人的时候
她就会得到一个女儿
让她的哭声成为一本失败之书中最成功的
注解
让她的内疚无处安放
让她的担忧全部实现

长大后，替她和那个男人
再爱一次
或再恨一次
所有的女人都明白
恨是爱的变奏
爱是恨的真相
所有的女儿都知道
母亲的一生吞咽过——
多少秘密

2018．12．4　晚于上海

小

——给父亲

父亲变小了
他是从三张地图开始变小的
他先从中国地图撤退
到隔壁山东
然后，再退到江苏
一点点
一步步
藏在他体内的秘密军团
不断侵吞他行走的疆域

他退了又退
退到江苏一座小城
一条小街
终于退到他童年的村庄

现在，他退回自己
退到他刚出生时的脆弱模样
整个世界围着他
他孤立无援

2018. 12. 5　于上海

VICTOR T.

作　家

仿佛是一
仿佛是零
叶子剥离树干的时候
你辞去所有
辞去看与被看
辞去绝望
也辞去幻想
赤裸如镜子
你忍受一切戏弄
然后，你和你的孤独
一起走进人群
去嘲笑他们
笨拙的演技
也给他们笑笑
笑你不知怎么就成了命运的失业生

如何给一株树命名

如何给一株树命名
要像太阳一样耀眼
月亮一样温柔
还要像星星一样隐晦

不要取“不朽”或“真理”这样的名字
因为，我从未见过
有人宣称掌握了它们
也不要取“幸福”或“爱情”这样的名字
因为，它们只会叫人悲伤

如何给一株树命名
谁学会了命名
谁就学会了原谅

2017. 4. 19　夜

梦

爸爸
我又梦见了你
在梦中，变成他的脸
爸爸
你总是在发烧
你的头发湿了
露出洁白的头皮
爸爸
在梦中
我慌乱地抱住你的头
抚摸你发烫的背
像抚摸他的一样
爸爸
生前欠你的三万句我爱你
我全部转赠给了他
爸爸
我一定是爱他胜过爱你
所以，在梦中你甚至吝啬你的脸
爸爸，在梦里你总是让我哭
就像他一样

2019. 5. 21　凌晨两点十九分，上海

墓　园

你见过这样的寂静吗
生前所有的挣扎
现在都已平息
他们的脸一律向西
向着夕阳的残酷
一生未曾写过自己名字的人
如今，在一块石碑上发现了自己
我不认识他们
他们也不认识我
我们是彼此的陌生人
对视
相互可怜对方的骚动与寂静

邻　居

——一个中国农民的梦想

我的邻居死了
也许是昨天
也许是前天
死于三月某个模糊的日子
他有双骡马一样的手
那双手带回过城里的烧饼
填饱我对世界的想象
它还不自量力地炸裂过一个卑微的愿望
要用一辈子咬紧的牙齿造一间城里的房子
那双骡马一样的手
沟缝间全是无法愈合的大地
躺在血色的沟壑里
人比较容易睡着

2017. 3. 13

小哀歌

肩一并一肩
我们走在雨中
像披了件忧郁的外套

什么样的火
如此不安
上了命运的发条，旋转
在危险的心脏

熄灭吧
灰烬将我们带到安全的岛屿

在那里，不必借助火
仅凭忧郁得发蓝的雨
就能度过一生

而光
炼金的术士
请伸出你的双手
放在灰烬的余温上炙烤

2019. 2. 18　深圳，雨

我们（二）

是这样的一天，天气晴好
心情好的时候你会抬头
看一眼疾驰的白云
更多的时候会想起我们
在江南，稻田里飞过的白鹭
它令我想念山中的白天鹅
它是否还在那古旧的石桥下
回忆我们相拥的身影

你吃完碗中最后一粒粮食
对待食物，你永远是个圣徒
这是我们相爱的第一课
然后，你抓起桌上的帽子
戴上它
如同戴上我隐形的戒指

你搭乘早上八点半的地铁
你从和我相同的背包里拿出一本
泛旧的小说
你没能和他们一样睡去

然后，你沙丁鱼般冲出他们沉睡的眼眶

白日在
几通不长不短的电话
几个不咸不淡的笑话
几句不真不假的调笑中
嘶嘶溜走

夜吞下它喧嚣的惆怅
在黑暗中，你再次折返
用一天中最后的深情告诉我
你回家了

就这样
我们共度了美好的一天
就这样
我们共度了美好的一年
就这样
我们共度了美好的一生

和父亲在一起

并不喜欢和他在一起
尤其，不能忍受
除了沉默
只剩下我和他的时候

最好有音乐
就像此刻
我听着他生前钟爱的邓丽君

如今
我们在一起
词语，像一张无法缝补的渔网
空空荡荡

2019. 6. 16　写于父亲节

后　记

后记，每次都弄得尴尬，仿佛大型感恩现场。

但是，再一思量，又是必须。

一本书的诞生，首功自然是作家自己。所谓“十年辛苦不寻常”，又“都云作者痴，谁解其中味”？但我却不敢这样自居。因我深知我的亲友怎样深情付出，没有他们就没有我这本书的诞生，甚至，我的人生也将改写。

我的父亲，一个热爱文学的中国农民，在我身上，他也像中国多数父母一样，寄托了自己未能完成的梦想。遗憾的是，我的诗集出版没能赶在他生命之火消逝之前。如今，诗集出版，唯愿他能感到些许安慰。

我的先生，他总是默默付出，不多言语，如一座山稳定可靠。没有他，自然也谈不上我的作家之路。

我的女儿，年纪虽小，却是我的好朋友。因为写作我时常忽略她，对她的陪伴也很欠缺，为此我总是愧疚。借此机会，对女儿说声抱歉。妈咪特别爱你。永远爱你。

母亲、弟弟、妹妹，均为我贡献了理解与误解参半的、亲人所特有的支持。

另外，我要特别感谢我在上海的几个好友。没有你们对我的理解和爱，我几乎不能在这座城市生活，是你们向我释放了一座城市最初的善意和友爱，忘不了我们的长夜漫谈。

其中，尤为感谢丁越夷先生，是他的评论与肯定，给我信心；此外，他还为本书贡献了十分珍贵的插画。

我爱你们！

最后，感谢诗人刘春老师。

李晓愚

2019. 8. 17　于上海